IWI I PRZYJACIELE

Ewa Steckiewicz

Iwi i Przyjaciele

Ilustracje: Ewa Sosnowska

First Edition

Copyright © Ewa Steckiewicz

ISBN-13: 978-1490960586

ISBN-10: 1490960589

Dla Myszy i Gugusia

Nad brzegiem jeziora Narie, niedaleko Morąga, rośnie stare, grube drzewo. W dziupli tego drzewa mieszka Mama-Wiewiórka ze swoim małym synkiem Iwim. W chłodne dni Mama-Wiewiórka zamyka wejście do dziupli suchymi liśćmi, owija synka swoim puszystym ogonem i tak sobie razem zasypiają.

Latem zostawia wejście otwarte, bo z ich dziupli rozpościera się najpiękniejszy widok w okolicy: widać falującą wodę jeziora, zarośnięte drzewami wyspy (choć Iwi jest przekonany, że to nie drzewa lecz gigantyczne brokuły) oraz małą wioskę po drugiej stronie jeziora. Gdy zapada noc, nad jeziorem robi się strasznie ciemno - w pogodne noce widać tylko księżyc, gwiazdy i ich migoczące odbicie w zwierciadle wody. Niewątpliwie, Iwi i jego mama zamieszkują najładniejszą dziuplę w całym lesie!

Już bardzo wcześnie rano promyki słońca buszują po całym mieszkaniu. Łaskoczą Iwiego po nosku, jakby chciały powiedzieć 'wstawaj już, wstawaj i pobaw się z nami!'. Iwiego wcale nie trzeba do zabawy zachęcać. Wiewiórki lubią rano wstawać, bo wtedy słońce świeci najpiękniej, las pachnie najmocniej i ptaki śpiewają najgłośniej

Pewnego dnia, tego właśnie, w którym opowieść ta ma miejsce, Iwi obudził się wcześnie rano. Jednym susem wyskoczył z łóżka, przeciągnął się i przemył pyszczek zimną wodą. W kuchni krzątała się już Mama-Wiewiórka. Na stole czekało na niego śniadanie: dwa duże laskowe orzechy.

- Hura!! - wykrzyknął Iwi - orzechy, moje ulubione!

- Dzień dobry kochanie - powiedziała mama, nie odrywając wzroku od dużego garnka na ogniu.

Drewnianą łyżką mieszała bulgoczącą miksturę o zapachu leśnych malin. Wyglądała na zmartwioną.

- Nie jestem pewna, Iwi, czy zrobiliśmy wystarczająco dużo zapasów na zimę. Sąsiadka Sowa mówi, że nadciąga długa i mroźna zima, a nasza spiżarka jest prawie pusta. Powinniśmy dziś razem wybrać się do lasu i nazbierać więcej orzechów.

- Och mamo! Ty zawsze martwisz się na zapas! Dziś zresztą nie mogę - zaprotestował Iwi - idę z kolegami nad jezioro. Może później ....

Mama nie zdążyła odpowiedzieć, gdyż Iwi już szorował zęby, cmoknął ją w policzek i jednym susem wyskoczył z dziupli.

- Iwi ...!! - krzyknęła mama, ale on już jej nie słyszał. Jego ruda kita szybko zniknęła w gęstym lesie.

Zapowiadał się kolejny, słoneczny dzień. 'Idealna pogoda na plażę' - pomyślał Iwi, rześko skacząc przez wysoką trawę.

Na skraju lasu, po drugiej stronie łąki mieszkał Zajączek Rituś, najlepszy przyjaciel Iwiego. Szare uszka Witusia wystawały ponad grządkami marchewek; wyglądał na bardzo zajętego.

- Cześć Rituś, idziesz nad jezioro?
- Cześć Iwi. Bardzo bym chciał, ale mam strasznie dużo pracy. Mama prosiła, żebym opielił grządkę marchewek.
- Opielił? A co to takiego?
- Znaczy, musze powyrywać wszystkie chwasty, żeby nie przeszkadzały rosnąć naszym marchewkom. Potrzebujemy zgromadzić dużo soczystych marchewek, żeby przetrwać długą i mroźną zimę.
- To wygląda na bardzo nudne zajęcie. Lepiej chodźmy nad jezioro popluskać się w wodzie.
- Hmmm, bardzo bym chciał, ale .... - tu Rituś popatrzył na zarośniętą chwastami grządkę - może jak skończę, to przyjdę.

Rituś, jak wszystkie zajączki, był zawsze bardzo ostrożny. Nigdy nie podejmował pochopnych decyzji i zawsze dotrzymywał wcześniej danego słowa.

- Jak chcesz, ale żebyś później nie żałował - rzucił na odchodnym Iwi.

Bystrymi susami ruszył przed siebie. Skacząc z drzewa na drzewo, znalazł się nad brzegiem pięknego jeziora Narie. Poranne słońce odbijało się w tafli wody, wiał lekki, orzeźwiający wiaterek.

Przy brzegu, w korzeniach drzewa, mieszkały Raki
Bliźniaki. Na pierwszy rzut oka wyglądały tak samo,
mówiły i robiły to samo. Jednak Iwi nigdy nie miał
trudności w odróżnieniu Jacusia od Wacusia.
- Cześć chłopaki, zapowiada się piękny dzień, chcecie się
ze mną pobawić?
- Cześć Iwi. Bardzo byśmy chcieli, ale w nocy była
burza, która naniosła dużo starych liści i patyków do
naszego domu. Rodzice prosili, żebyśmy pomogli w
sprzątaniu - odpowiedzieli chórem.
- Ach, przecież to jest bez sensu. Może w nocy znowu
będzie burza i jeszcze raz nabałagani. Lepiej zostawcie to
i chodźmy się razem pobawić. Będziemy z pomostu
puszczać kaczki albo popływamy łódką...
Raczki Bliźniaczki przecząco pokręciły głowami.
- Bardzo nam przykro Iwi, ale musimy dokończyć
sprzątanie. Jak tylko się uwiniemy, to przyjdziemy na
pomost.
- OK, jak chcecie, ale nie będę tam na was długo czekał -
Iwi z niezadowolenia zmarszczył nosek i zwinnymi
susami ruszył przed siebie.

Na pomoście nie było nikogo. Iwi znalazł przy brzegu kilka płaskich kamyków, które zaczął zręcznie wrzucać do wody. Robił to tak, że kamyki kilka razy odbijały się od tafli wody zanim opadły na dno.
- Raz, dwa, trzy - liczył głośno - cztery, pięć!! Widzieliście, pięć kaczek! Udało mi się puścić aż pięć, to rekord! - krzyknął na głos Iwi. Odwrócił się, żeby zobaczyć miny kolegów, ale przecież na pomoście nikogo oprócz niego nie było. Iwi był sam. Zrobiło mu się głupio, że na głos mówi do siebie i przykro, że nie ma z kim cieszyć się swoimi sukcesami. 'Puszczanie kaczek samemu wcale nie jest takie fajne' - pomyślał w duchu Iwi. Położył się na pomoście, żeby popatrzeć na pływające pod wodą rybki. Pod powierzchnią wody zobaczył małą ławicę rybek, które wesoło bawiły się w berka.
- Mam cię - wesoło popiskiwały i zwinnie robiły podwodne ósemki.
Iwiemu bardzo podobała się ta zabawa i też chciał się z nimi bawić, ale jak tylko zamoczył łapkę, wszystkie rybki odpłynęły. Iwi znowu został sam.
Znad jeziora powiał chłodny wiatr. Po plecach Iwiego przeszedł nieprzyjemny dreszcz. Słońce schowało się za chmurami, a z drzew posypały się liście. Na niebie Iwi zobaczył przelatujące stado dzikich kaczek. Ułożone w klucz, leciały do ciepłych krajów, żeby tam schronić się przed srogą, mazurską zimą.

Pogoda wcale nie była taka, na jaką się wcześniej
zapowiadało. Zziębnięty i głodny, Iwi postanowił wrócić
do domu. Przypomniał mu się ten malinowy zapach,
który rano wypełniał całą kuchnię. 'Mniam...., mam
nadzieję, że mama zrobiła malinowy budyń' - pomyślał w
duchu.
Kiedy przyszedł do domu, mamy tam nie było. Garnki
były puste i zimne. Zapach malin wyparował. Po chwili
do dziupli weszła Mama-Wiewiórka. Wydawała się
jeszcze smutniejsza niż rano.
- Mamo, co się stało?! Dlaczego płaczesz? - zapytał
- Och synku, stało się straszne nieszczęście. Cały dzień
chodziłam po lesie i nie mogę sobie przypomnieć, gdzie
zakopałam nasze zapasy orzechów na zimę. Wszędzie
zaglądałam i nigdzie ich nie ma. Co my teraz zrobimy? -
zaszlochała mama.
- Nie martw się mamo. Szybko pobiegnę do lasu i
nazbieram tak dużo orzechów, że wystarczy na całą zimę.
- Ale Iwi ... - zaczęła mama lecz znowu nie dokończyła
zdania, bo Iwi już był na zewnątrz.

Iwi co sił w łapkach pobiegł do lasu. Po drodze spotkał zajączka Witusia.

- Cześć Iwi! - wykrzyknął radośnie Wituś - robota skończona, teraz mogę się z tobą pobawić. Choć chyba jest za zimno na plażę ...

- Cześć Wituś - odpowiedział zadyszany Iwi - teraz nie mogę. Muszę nazbierać orzechów.

Nie czekając na odpowiedź, ruszył przed siebie.

- Poczekaj, pójdę z tobą i chętnie ci pomogę.

Iwiego zamurowało.

- Pomożesz mi?!... Przecież to bardzo nudne zajęcie...

- To nic, we dwójkę zrobimy to szybciej. Poza tym, nigdy jeszcze nie zbierałem orzechów, więc chętnie nauczę się, jak to się robi. Mam zwinne łapki i bardzo dobry wzrok. Na pewno się przydam.

- No to super, chodźmy więc! - ucieszył się Iwi.

Iwi skakał po drzewach i tam szukał orzechów, zajączek Wituś pod drzewami. Szukali, szukali, ale nic nie znaleźli, tylko puste łupinki. W całym lesie nie było orzechów. Wszystkie były już wyzbierane.

- Sprawdźmy jeszcze nad jeziorem, tam rosną gęste leszczyny - zaproponował Iwi. Pobiegli nad jezioro.

Przy brzegu spotkali Raczki Bliźniaczki.

- Właśnie wybieraliśmy się na pomost, żeby się razem pobawić. Chyba nie jest za późno, prawda?

- Bardzo was przepraszam, ale teraz nie mogę. Musze nazbierać orzechów na zimę. Szukaliśmy w całym lesie, ale nic nie znaleźliśmy. Może tu nam się poszczęści.

Zaczęli rozglądać się za orzechami, ale znowu znaleźli tylko puste łupinki.

- O nie, tu też ich nie ma - smutno westchnął Wituś.

- Chętnie ci pomożemy - zaproponowały zgodnie Raczki-Bliźniaczki.

- Dziękuję za pomoc, ale sprawdziliśmy już wszędzie. Nigdzie nie ma orzechów! Co teraz będzie? - Iwi usiadł na ziemi i ze zmartwienia zakrył łapką pyszczek.

- Ale my wiemy, gdzie je znaleźć - powiedziały Raczki Bliźniaczki - Dno jeziora jest pełne orzechów. Widzisz te leszczyny, które rosną nad brzegiem. Niektóre orzechy wpadają prosto do wody i nikt ich nie widzi. Nikt oprócz nas, oczywiście - wyjaśniły Raczki Bliźniaczki.

- To wspaniale! Jesteście geniuszami! - wykrzyknął Iwi i ze zdwojoną energią poderwał się z miejsca. - Mam pomysł! Iwi wskoczył na drzewo i potrząsnął gałęziami zwisającymi nad wodą. Listki z drzewa opadły na taflę wody, tworząc małe łódeczki. Raczki Bliźniaczki zanurzyły się w wodzie i swoimi szczypcami wyjmowały orzechy, kładąc je na nadpływające liście. Fale popchnęły je do brzegu, gdzie Wituś pakował je do plecaka i szybko transportował do domu Iwiego.

Mama-Wiewiórka, kiedy zobaczyła, ile orzechów udało im się zebrać, była przeszczęśliwa.

Iwi był bardzo zadowolony oraz wdzięczny kolegom za pomoc. Było mu też trochę wstyd, ze on wcześniej kolegom nie pomógł. Wiedział, że bez nich nie osiągnąłby tego, czego dokonali razem. Może pielenie marchewek jest trochę nudne, ale nie wtedy, kiedy robi się to z najlepszym przyjacielem. Natomiast nawet puszczanie kaczek z pomostu nie jest tak naprawdę ekscytujące, jeżeli nie ma się ze sobą przyjaciół.

Koniec

Kolorowanki